LUFF ’16

Ertappt!

Ertappt!

Ein Jahresrückblick in politischen Karikaturen

belser

Regelmäßige Veröffentlichung politischer Karikaturen in

Stuttgarter Zeitung • Nordsee-Zeitung (Bremerhaven) • Mittelbayerische Zeitung (Regensburg) • Westfälische Rundschau (Dortmund) • Märkische Oderzeitung (Frankfurt/Oder) • Allgemeine Zeitung (Mainz) Wiebadener Tagblatt • Wiesbadener Kurier • Märkische Allgemeine (Potsdam) • Mitteldeutsche Zeitung (Halle) Augsburger Allgemeine • Frankfurter Neue Presse (Frankfurt/Main) • Passauer Neue Presse • Münchner Merkur Lübecker Nachrichten • Ostsee-Zeitung (Rostock)

(Reihenfolge nach Häufigkeit des Erscheinens)

ISBN 978-3-7630-2753-8

Kommission und Vertrieb
Chr. Belser Gesellschaft für Verlagsgeschäfte GmbH & Co. KG, Stuttgart

Helfer in der Flüchtlingskrise

Mit Spannung erwartet die EU, zu welchen Bedingungen die Türkei Flüchtlinge zurücknehmen bzw. zurückhalten will. (Oktober 2015)

Todesstoß?

Nachdem klar geworden ist, dass in betrügerischer Absicht manipulierte Abgassoftware in neuen Volkswagen-Dieselfahrzeugen zum Einsatz gekommen ist, nehmen vor allem in den USA zu erwartende Straf- und Schadensersatzzahlungen für den Konzern bedrohliche Ausmaße an. (Oktober 2015)

Die Arbeit ruft

Angesichts des Flüchtlingsstroms nach Europa fordern EU-Politiker jeder Couleur gebetsmühlenartig die Verbesserung der Situation in den Herkunftsländern. (Oktober 2015)

Werben für gemeinsame Flüchtlingspolitik

Aufgrund Merkels Politik der offenen Grenze kommen die meisten vor dem syrischen Bürgerkrieg nach Europa geflüchteten Menschen nach Deutschland. CSU-Chef Seehofer stellt sich gegen die Kanzlerin und fordert die Begrenzung der Flüchtlingsaufnahme, auch in der CDU beginnt es zu rumoren. Merkel setzt sich für eine gerechte Verteilung der Flüchtlinge auf alle EU-Mitgliedsstaaten ein, doch die meisten winken ab. (Oktober 2015)

Dunkel-Deutschland

Bei einer islamfeindlichen „Pegida"-Demonstration in Dresden wird ein Galgen mitgeführt, dessen zwei Schlingen mittels Schilder als reserviert für Kanzlerin Merkel und Vizekanzler Gabriel gekennzeichnet sind. (Oktober 2015)

Stramm vorbei am Büchertisch

Die von CSU-Chef Seehofer geforderte Begrenzung der Einreise von Flüchtlingen nach Deutschland ist streng genommen weder mit dem Grundgesetz noch mit internationalem Recht vereinbar. (Oktober 2015)

Zurück aus Berlin

Auf Druck Seehofers beschließt der Koalitionsgipfel in Berlin eine Asylrechtsverschärfung und die Beschleunigung der Asyl- und Abschiebeverfahren. (November 2015)

„Mal umdrehen bitte!"

Der Leichtathletik-Weltverband IAAF schließt russische Sportler von der Teilnahme an den Olympischen Sommerspielen 2016 in Rio de Janeiro wegen systematischen staatlich betriebenen Dopings aus. (November 2015)

„Wenn das mal keinen Ärger gibt!“

Der als starker Raucher bekannte Altbundeskanzler Helmut Schmidt stirbt im Alter von 96 Jahren. (November 2015)

„Sie denkt, sie lenkt."

Finanzminister Schäuble und Innenminister De Maizière stellen sich mit Konzepten zur Begrenzung der Flüchtlingsaufnahme gegen die Politik der Bundeskanzlerin. (November 2015)

„Herzlich willkommen!“

Die islamistische Terrororganisation „IS“ verübt in Paris ein koordiniertes Attentat an fünf Orten gleichzeitig.
Durch Schusswaffen und Sprengstoff kommen 130 Menschen ums Leben und über 350 werden verletzt. (November 2015)

Erste Ängste vor dem Terror

Angesichts des durch die Anschläge von Paris verursachten menschlichen Leids wirken Nachrichten, dass wegen Terrorgefahr Fußball-Bundesligaspiele abgesagt werden könnten oder die Börse mit Verlusten reagiert, pietätlos. (November 2015)

Tauwetter

Nach langer Zeit treffen sich die Präsidenten Russlands und der USA, Putin und Obama, wiederholt, um eine gemeinsame Linie im Vorgehen gegen den IS-Terror zu finden. (November 2015)

Die Wahrheit über Trumps Frisur

Der Bewerber für die Präsidentschaftskandidatur bei den Republikanern Donald Trump kündigt im Falle seiner Wahl ein totales Einreiseverbot für Muslime in die USA an. (Dezember 2015)

„Was heißt hier Staatsstreichcharakter? Unerhört!“

Der Präsident des EU-Parlaments Schulz prangert das Vorgehen der polnischen Regierung an, mittels eines verfassungswidrigen Gesetzes das Verfassungsgericht umzubesetzen. (Dezember 2015)

Fayminator

Im Vorfeld des Brüsseler EU-Gipfels droht Österreichs Bundeskanzler Faymann Mitgliedsstaaten, die sich weigern, Flüchtlinge in gebührender Zahl aufzunehmen, mit finanziellen Konsequenzen. (Dezember 2015)

„Jetzt braucht sich nur noch jeder daran zu halten!“

Mit einer Resolution will der UN-Sicherheitsrat die Weichen für Waffenstillstand und einen politischen Übergang in Syrien stellen. Voraussetzung dafür wäre unter Anderem ein Stopp jeglicher Unterstützung für die Terrororganisation IS. (Dezember 2015)

Rajoy gefordert

Bei der Parlamentswahl in Spanien bleibt die konservative Volkspartei PP von Regierungschef Rajoy zwar stärkste politische Kraft, verliert aber die absolute Mehrheit. Da eine Koalition mit den Sozialisten von beiden Seiten im Wahlkampf kategorisch ausgeschlossen wurde, gilt die Bildung einer neuen Regierung als besonders schwierig. (Dezember 2015)

„Der Pflock begann schon, bedenklich zu wackeln!"

Nordkorea meldet erfolgreiche Wasserstoffbombentests und riskiert damit die weitere Verschärfung internationaler Sanktionen. (Januar 2016)

Angriff

In der Silvesternacht in Köln wurden hunderte Frauen sexuell belästigt und beraubt. Es wird bekannt, dass es sich bei den Tätern überwiegend um Asylbewerber aus arabischen bzw. nordafrikanischen Ländern handelt. (Januar 2016)

„Achtung, wir machen wieder mit!"

Aufgrund des mit dem Iran erzielten internationalen Atomabkommens werden Sanktionen gegen das Land aufgehoben, so auch das Einfuhrverbot für iranisches Öl. (Januar 2016)

Das Bild

Im Vorfeld dreier Landtagswahlen herrscht zur Flüchtlingspolitik zwischen den Schwesterparteien CDU und CSU offener Streit. (Januar 2016)

„...einfach mindestens drei Milliarden Euro einwerfen..."

Vor seinem Besuch in Berlin bezeichnet der türkische Ministerpräsidenten Davutoğlu die Zahlung von drei Milliarden Euro an sein Land als „nur einen Anfang" der zu erwartenden EU-Gegenleistungen für die Rücknahme bzw. das Zurückhalten von Flüchtlingen. (Januar 2016)

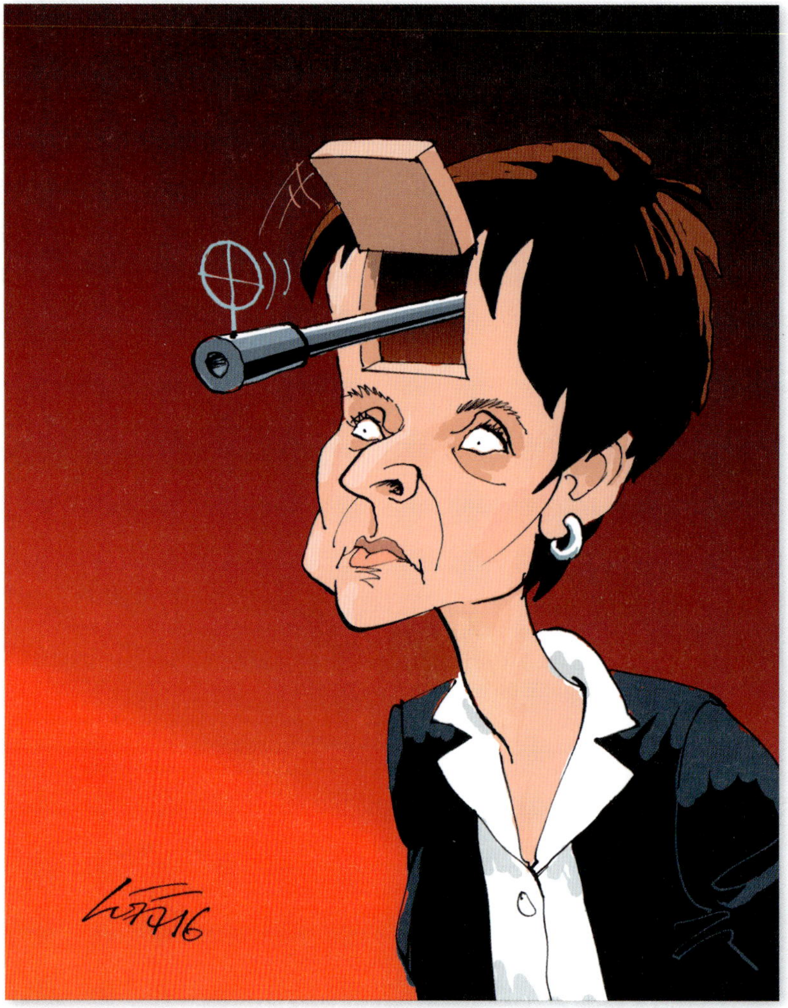

AfD-Grenzregime

Die Vorsitzende der AfD Frauke Petry spricht sich dafür aus, an der Grenze gegen Flüchtlinge notfalls Schusswaffen einzusetzen. (Februar 2016)

Elefantenjäger Cameron

In harten Verhandlungen ringt der britische Premier Cameron der EU Zugeständnisse ab, die sich jedoch als zu gering erweisen, um die Befürworter eines Ausstiegs Großbritanniens aus der EU (Brexit) umzustimmen. (Februar 2016)

„Auf das, was uns verbindet!“

Auf dem Höhepunkt des Streits zwischen den Unionsparteien um die Flüchtlingspolitik reisen CSU-Chef Seehofer und sein Amtsvorgänger Stoiber nach Moskau, wo sie von Präsident Putin in aller Herzlichkeit empfangen werden. (Februar 2016)

Kollege Jokus beleidigt

Wegen stürmischen Wetters werden viele Rosenmontagszüge in Deutschland abgesagt, so auch in Mainz und Düsseldorf. (Februar 2016)

Verhandeln mit Erdogan

Die Türkei droht die Grenzen für Flüchtlinge nach Europa zu öffnen, sollte ihrer Forderung nach höheren EU-Ausgleichszahlungen nicht entsprochen werden. (Februar 2016)

„Ganz wichtig: Absender nicht vergessen!"

Bei Luftangriffen auf mehrere Krankenhäuser und Schulen in der Umgebung der als Rebellen-Hochburg geltenden syrischen Stadt Aleppo werden fast 50 Zivilisten getötet. Selbst dieses Verbrechens beschuldigt macht Russland, das die syrische Armee im Kampf gegen die Rebellen unterstützt, die USA dafür verantwortlich. (Februar 2016)

Domino des Schreckens

Die Türkei erwägt, Bodentruppen ins benachbarte Syrien zu schicken, um dort gegen kurdische Milizen vorzugehen. Aufgrund der Lage im dort herrschenden Bürgerkrieg könnte ein solcher Einsatz zum internationalen Konflikt eskalieren. (Februar 2016)

„Angie, wir stehen hinter dir!"

Weil sie glauben, damit bei den Wählern punkten zu können, propagieren die Landtagswahl-Spitzenkandidaten der CDU in Baden-Württemberg und Rheinland-Pfalz, Guido Wolf und Julia Klöckner, nationale Lösungsansätze zur Bewältigung der Flüchtlingskrise und beziehen somit Position gegen die eigene Bundesvorsitzende und Kanzlerin Angela Merkel. (Februar 2016)

Baywatch am Füchtlingsmeer

Nach der Schließung der sogenannten Balkanroute durch Mazedonien drohen über 100 000 Flüchtlinge in Griechenland festzusitzen. Hilfe von der EU bleibt zunächst aus, da sich die Mitgliedstaaten nicht auf Quoten zur Aufnahme von Flüchtlingen einigen können. (Februar 2016)

„Herrje! Schon wieder jemand reingespuckt!"

Sehr zum Missfallen von Kanzlerin Merkel besucht CSU-Chef Seehofer den ungarischen Ministerpräsidenten Orban, der veranlasst hatte, dass sein Land als erstes die Grenzen für Bürgerkriegsflüchtlinge aus dem Nahen Osten schloss. (März 2016)

„Deine neue Außengrenze und ich deren starker Beschützer, wie wär's?"

Die Türkei fordert als Gegenleistung dafür, Flüchtlinge zurückzunehmen bzw. an der Weiterreise nach Europa zu hindern, unter anderem Fortschritte bei den EU-Beitrittsverhandlungen. (März 2016)

Schlechtes Omen

Nach dem Wahlerfolg der AfD in den hessischen Kommunen befürchten die etablierten Parteien in Baden-Württemberg, Rheinland-Pfalz und Sachsen-Anhalt ähnliche Ergebnisse bei den anstehenden Landtagswahlen. (März 2016)

Im Landtagswahlkampf ringen die Grünen unter Winfried Kretschmann und die CDU, vertreten durch Guido Wolf, in Baden Württemberg darum, stärkste politische Kraft zu werden. (März 2016)

Das Geldmännchen ist da

Die europäische Zentralbank erhöht den Kauf von Anleihen europäischer Staaten auf 80 Milliarden Euro monatlich und senkt den Leitzins auf 0,0 Prozent. Damit werden verschuldete Staaten zwar vor dem Bankrott bewahrt, der Anreiz, Kredite irgendwann einmal zurückzuzahlen, wird jedoch immer geringer. (März 2016)

Erdogan auf Abbruchtour

Der türkische Präsident Erdogan, der im eigenen Land bereits massiv gegen kritische Medien vorgegangen ist, lässt wegen eines satirischen Beitrags in der NDR-Fernsehsendung „extra 3" den deutschen Botschafter ins Außenministerium einberufen, wo man von ihm fordert, die weitere Ausstrahlung der Sendung zu stoppen. (März 2016)

Ultimativer Albtraum

Zum Abschluss des Nukleargipfels in Washington warnen Teilnehmer davor, dass Atomwaffen in die Hände von Extremisten fallen könnten. (April 2016)

Die Böhmermann-Falle

In der bei ZDFneo ausgestrahlten Sendung „Neo Magazin Royale" trägt der Satiriker Jan Böhmermann ein Gedicht vor, worin er dem türkischen Präsidenten Erdogan in Stil und Ausdrucksweise teils höchst vulgär allerlei negative Eigenschaften zuschreibt. Formal umgeht Böhmermann dabei, sich das Gedicht inhaltlich zu eigen zu machen, indem er es als ein Beispiel dessen kennzeichnet, was in Deutschland ausdrücklich nicht erlaubt ist. Dennoch erstattet Erdogan Strafanzeige u.A. basierend auf § 103 StGB (Beleidigung von Vertretern ausländischer Staaten). Aufgrund dieses Gesetzes darf die Justiz jedoch nur tätig werden, wenn die Bundesregierung sie dazu ermächtigt. (April 2016)

Nach Blick ins Lehrbuch

In Sachsen nimmt die Polizei fünf Mitglieder der sogenannten „Gruppe Freital" fest, aus deren Reihen Anschläge auf Asylantenunterkünfte und Straftaten gegen Asylantenunterstützer verübt wurden. Den Männern wird versuchter Mord und Bildung einer rechtsterroristischen Vereinigung vorgeworfen. Im Vergleich zum NSU-Fall haben die Behörden auffällig früh zugegriffen. (April 2016)

Auf die Forderung von Bundeswirtschaftsminister Gabriel und Bayerns Ministerpräsident Seehofer, das Rentenniveau zu erhöhen, reagiert Bundesfinanzminister Schäuble, indem er die Erhöhung des Renteneintrittsalters vorschlägt. (April 2016)

Erdogan unermüdlich

Um im Parlament eine verfassungsändernde Mehrheit zum Umbau des Staates in ein auf ihn zugeschnittenes Präsidialsystem zu erhalten, will der türkische Präsident Erdogan die Immunität oppositioneller Abgeordneter aufheben lassen, um sie mit Strafprozessen zu überziehen. (April 2016)

„Wie Sie sehen, ist die Frontpartie noch attraktiver geworden!"

Ab 18. Mai wird der Kauf eines reinen Elektroautos mit 4000 Euro jeweils zur Hälfte durch den Staat und die teilnehmenden Autokonzerne bezuschusst. (April 2016)

„... und der Kauder rannte was er konnte, doch der blöde Igel war schon da!"

Einen Tag vor Beginn des AfD-Parteitags in Stuttgart spricht sich der Vorsitzende der Unionsfraktion im Bundestag Kauder dafür aus, Moscheen in Deutschland insbesondere im Blick auf den Einsatz von Hasspredigern verstärkt zu kontrollieren. (April 2016)

US-Stempel

Nachdem die Umweltorganisation Greenpeace Teile der als geheim geltenden Verhandlungspapiere zum transatlantischen Freihandelsabkommen TTIP ins Netz stellt, wird deutlich, dass Verhandlungspositionen der USA teilweise nicht mit europäischen Verbraucherschutzstandards vereinbar sind. (Mai 2016)

„Siiiiieg!"

Gegen Ende des Vorwahlkampfs zur US-Präsidentschaftswahl gilt die Kür Donald Trumps zum Kandidaten der Republikaner als sicher, obwohl ein großer Teil der Parteimitglieder ihn ablehnt. (Mai 2016)

Erdogans Waffe

Für die versprochenen Visa-Erleichterungen im Gegenzug zur Erfüllung des Flüchtlingsabkommens fordert die EU eine Änderung des türkischen Anti-Terrorgesetzes. Präsident Erdogan lehnt dies kategorisch ab, stets im Bewusstsein, mit der Drohung, Millionen Flüchtlinge nach Europa zu schicken, ein besonders starkes Druckmittel in der Hand zu haben. (Mai 2016)

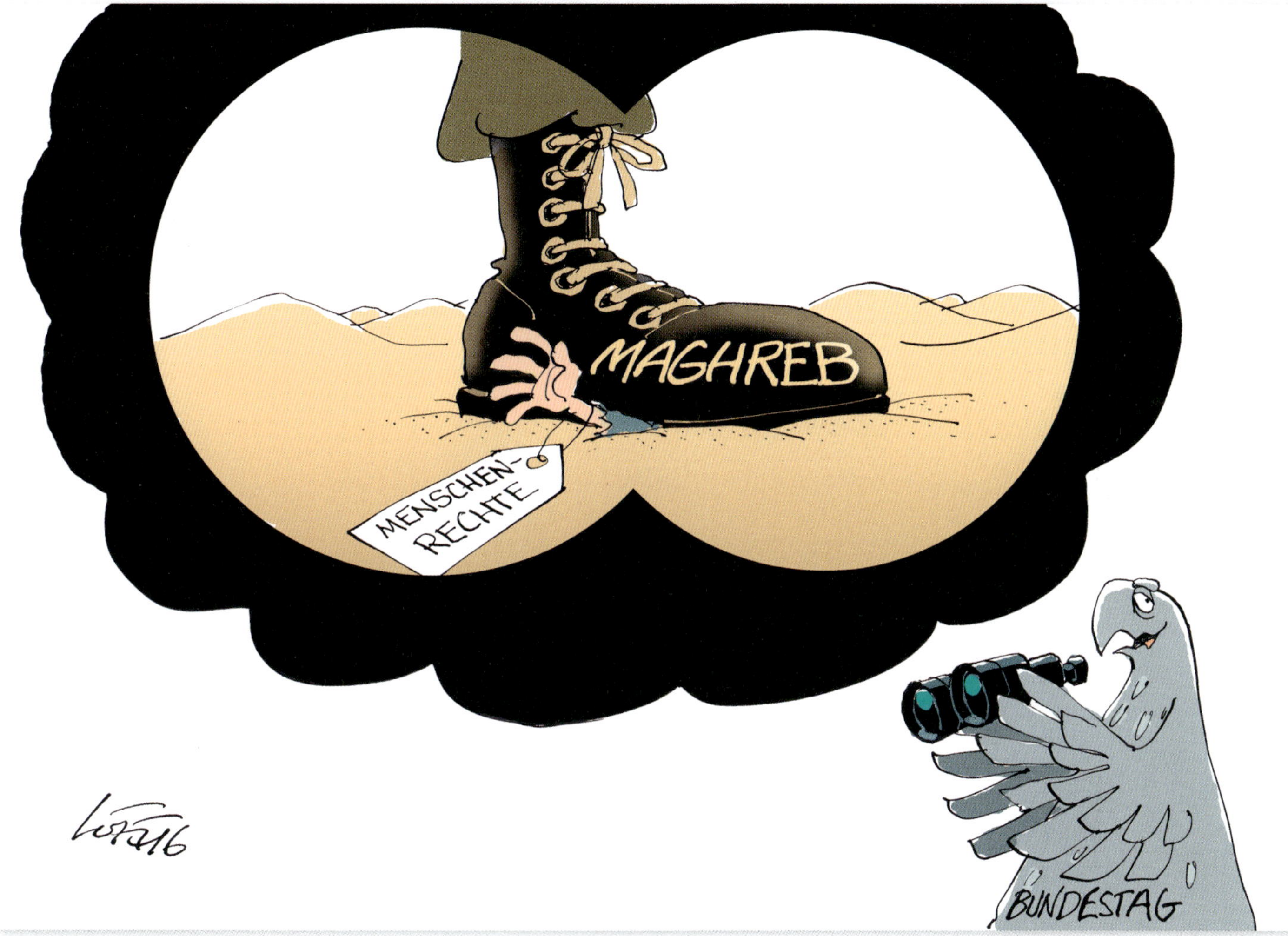

„Alles safe!“

Mit großer Mehrheit votiert der Bundestag für ein Gesetz, das Algerien, Marokko und Tunesien zu sicheren Herkunftsländern erklärt. Grüne und Linke weisen auf Menschenrechtsverletzungen in den Ländern hin. (Mai 2016)

„Und jetzt fass meine Gegner im Parlament!"

Auf Initiative des Präsidenten Erdogan stimmt das Türkische Parlament für die Aufhebung der Immunität von 138 seiner Abgeordneten, gegen die jetzt strafrechtlich ermittelt werden kann. International wird dies als Selbstentmachtung des Parlaments kritisiert. (Mai 2016)

Van der Bellen und der Graben

Bei der Stichwahl zum österreichischen Bundespräsidenten setzt sich der parteiunabhängige Alexander van der Bellen mit 50,3 Prozent der Wählerstimmen denkbar knapp gegen den Kandidaten der rechtspopulistischen europafeindlichen FPÖ Norbert Hofer durch. Der mit harten Bandagen geführte Wahlkampf hatte die Bevölkerung stark polarisiert. (Mai 2016)

Erdogans Schlips

Der Türkische Präsident Erdogan protestiert gegen die geplante Resolution des deutschen Bundestages, wonach die Massentötung und -deportation von Armeniern im Osmanischen Reich zur Zeit des Ersten Weltkriegs als Völkermord eingestuft werden soll. (Juni 2016)

Würdiger Hintergrund?

Bundespräsident Gauck gibt bekannt, aus Altersgründen für eine zweite Amtszeit nicht zur Verfügung zu stehen. Somit werden 2017 im selben Jahr sowohl der Bundestag als auch der Bundespräsident neu gewählt. (Juni 2016)

Französischer Rasen

Ausgerechnet zu Beginn der Fußball-Europameisterschaft in Frankreich drohen diverse Streiks die Infrastruktur erheblich zu schwächen. (Juni 2016)

Es klappert die Mühle...

In einem Schwulenlokal in Orlando/Florida erschießt ein Mann mit halbautomatischen Waffen 49 Menschen, 53 weitere werden verletzt. Mit Blick auf Herkunft und Religionszugehörigkeit des Täters bekräftigt der republikanische Präsidentschaftsbewerber Trump seinen Plan, Muslimen die Einreise in die USA zu verweigern und Moscheen stärker zu überwachen. (Juni 2016)

Britisches Menetekel

Die Brexit-Debatte in Großbritannien nimmt an Emotionalität und Schärfe immer mehr zu. Im englischen Bristall wird die Labour-Abgeordnete und Austrittsgegnerin Jo Cox von einem Brexit-Befürworter auf offener Straße ermordet. (Juni 2016)

„Viel Glück, Virginia!“

Die 37-jährige Virginia Raggi von der Protestbewegung „Fünf Sterne“ wird mit über 67 Prozent der Stimmen zur Bürgermeisterin ihrer Heimatstadt Rom gewählt. Im Wahlkampf hatte sie ein hartes Vorgehen gegen Korruption und organisiertes Verbrechen angekündigt. (Juni 2016)

Existenzbedrohung

Während der Zeit seiner Mitgliedschaft in der EG, der späteren EU, hatte Großbritannien immer wieder für das Land günstige Sonderregelungen erstritten. (Juni 2016)

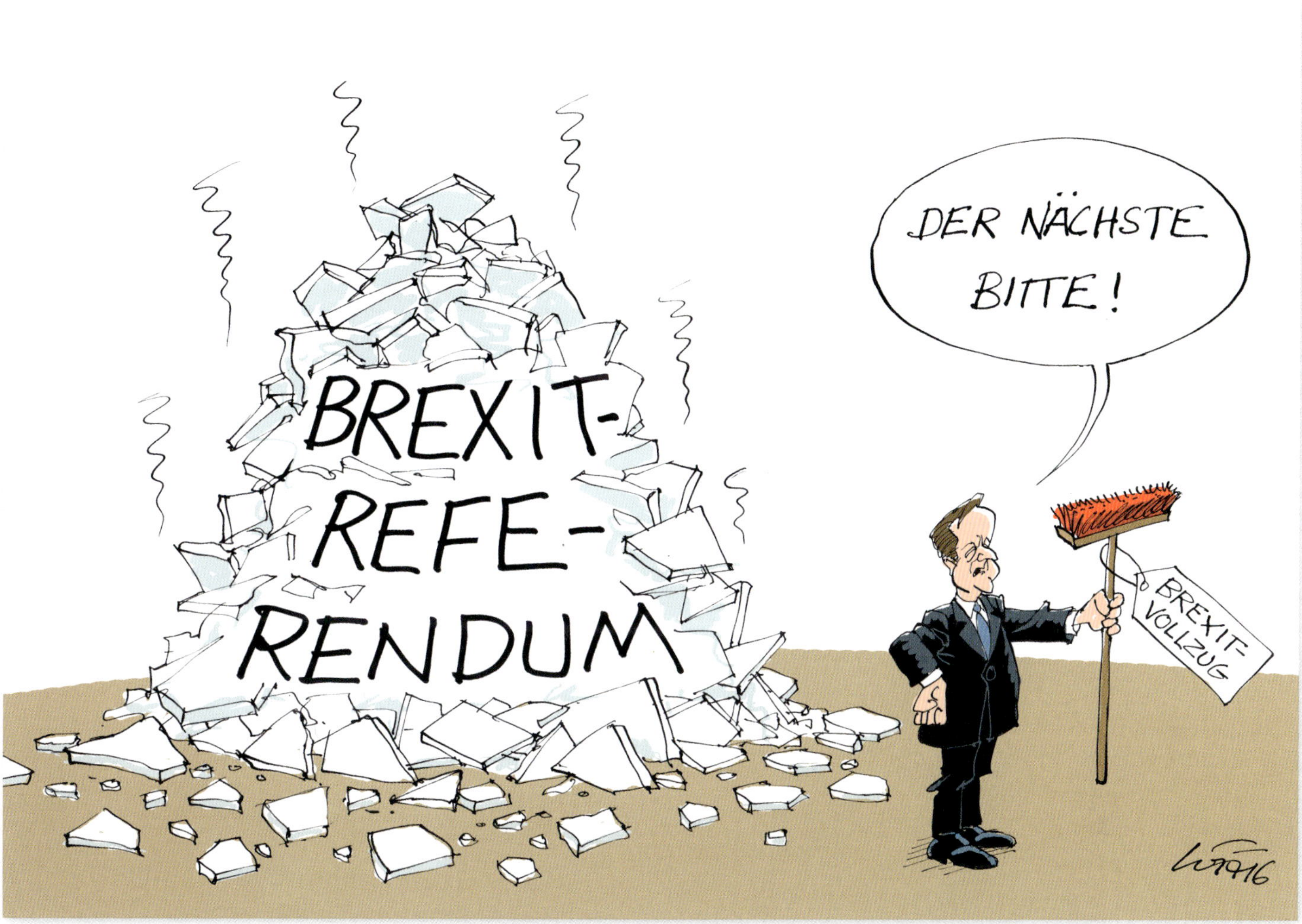

Camerons Scherbenhaufen

Schockiert nimmt Europa das Votum der Briten, die EU zu verlassen, zur Kenntnis. Premierminister Cameron, der obwohl selbst Gegner des Brexits diesen aus machtpolitischem Kalkül herbeigeführt hatte, will den Vollzug des Ausstiegs seinem Nachfolger überlassen und erklärt seinen Rücktritt. (Juni 2016)

Absprungbereit

Da seine Bevölkerung mehrheitlich für einen Verbleib in der EU ist, droht Schottland, bei Vollzug des Brexits das Vereinigte Königreich zu verlassen, um selbst Mitglied der EU bleiben zu können. (Juni 2016)

Schäubles Höhenflug

Nicht zuletzt aufgrund günstiger Umstände kann Finanzminister Schäuble den dritten Bundeshaushalt in Folge ohne Neuverschuldung präsentieren. (Juli 2016)

„Nach uns die Sintflut!“

Nachdem sich die Briten mit knapper Mehrheit für ein Ausscheiden aus der EU entschieden haben, ziehen sich die beiden wichtigsten Protagonisten des „Brexit“ zurück. Boris Johnson von der konservativen Partei gibt bekannt, nicht wie erwartet für das Amt des Ministerpräsidenten zu kandidieren, und der Vorsitzende der UKIP-Partei Nigel Farage kündigt seinen Rücktritt an. (Juli 2016)

Rekordhalter

Entgegen den Ankündigungen von Bundeswirtschaftsminister Gabriel, deutsche Rüstungsexporte verringern zu wollen, erreichen diese einen Höchststand. (Juli 2016)

Rückwärtsgang

Nachdem in Falcon Heights/Minnesota und in Baton Rouge/Louisiana zwei Männer schwarzer Hautfarbe durch Polizeigewalt zu Tode kamen, werden in Dallas bei einer Demonstration fünf Polizisten erschossen. (Juli 2016)

Chinesische Nessie (leider real)

Das UN-Schiedsgericht in Den Haag weist die von China angekündigte Einrichtung einer Flugüberwachungszone über dem südchinesischen Meer zurück. China betont, diesen Schiedsspruch nicht anzuerkennen. Seit Jahren ist das Land dabei, seine Gebietsansprüche insbesondere durch Aufschütten künstlicher Inseln, auf denen Militärstützpunkte errichtet werden, in der Region auszuweiten. (Juli 2016)

„Meine Schule! Na, aus dem Jungen wird noch was!“

Als Konsequenz auf den gescheiterten Putschversuch in der Türkei sind bereits 50 000 Staatsbedienstete entlassen, 24 Radio- und Fernsehstationen ist die Sendelizenz entzogen und Lehrkräften und Wissenschaftlern von Hochschulen die Ausreise verboten. (Juli 2016)

Aufgrund der sich verschärfenden politischen Lage in ihrem Heimatland ist mit einer zunehmenden Zahl türkischer Asylbewerber in Deutschland zu rechnen. (Juli 2016)

Demnächst: Recep allein zu Haus

Die Säuberungen in der Türkei führen bereits zu Ausfallerscheinungen in Bildung und Justiz, immer mehr Menschen wollen des Land verlassen. (Juli 2016)

„Unerhört!“

Die Zulieferfirmen ES Automobilguss und Car Trim sehen sich nicht mehr in der Lage, die von VW gewünschten Vertragsbedingungen zu erfüllen und stellen die Belieferung ein, was bei Volkswagen zu teuren Produktionsausfällen führt. (August 2016)

Wieder Seit' an Seit'

Der VW-Konzern gibt bekannt, dass die beiden Zulieferfirmen ihren vertraglichen Verpflichtungen wieder nachkommen. Die Tatsache, dass über die Verhandlungsergebnisse Stillschweigen vereinbart wurde, lässt erahnen, dass beide Seiten „Federn lassen" mussten. (August 2016)

„Komm, lass mich nochmal ran!"

Nikolas Sarkozy will erneut für das Amt des französischen Staatspräsidenten kandidieren. Thematisch setzt er u.a. auf Terrorangst und Zuzugsbegrenzung. (August 2016)

Apple-Sicherheitsimage

Eine Spionage-Software, genannt Pegasus, verschafft sich in bisher nicht gekanntem Ausmaß Zugriff auf iPhones und andere Apple-Geräte. Experten vermuten dahinter ein als Cyberwaffenhändler geltendes israelisches Unternehmen. (August 2016)

„Langsam nervt's!"

Nachdem die CDU aus der Landtagswahl in Mecklenburg-Vorpommern nach der AfD nur noch als drittstärkste politische Kraft hervorgeht, sieht CSU-Chef Seehofer in der Flüchtlingspolitik seinen Kurs der Konfrontation mit der Schwesterpartei bestätigt. Dass der Streit auch ein Grund für die Verluste der Union sein könnte, kommt ihm nicht in den Sinn. (September 2016)

„Gute Besserung, Hillary!“

Die Genesungswünsche des für seine brutale und zynische Rhetorik bekannten US-Präsidentschaftskandidaten Trump an seine an Lungenentzündung erkrankte Konkurrentin Clinton wirken ziemlich geheuchelt. (September 2016)

Also doch ehrenamtlich!

Es wird bekannt, dass der als Lichtgestalt des deutschen Fußballs geltende Franz Beckenbauer entgegen eigener Angaben, im Organisationskomitee für die Fußballweltmeisterschaft 2006 in Deutschland ausschließlich ehrenamtlich tätig gewesen zu sein, dafür 5,5 Millionen Euro kassiert hatte. (September 2016)

Schöne Aussicht vom Gipfel

Der Gipfel in Bratislava lässt kaum Hoffnung aufkommen, dass die Krisen der EU in absehbarer Zeit zu bewältigen wären. (September 2016)

„Schau Horst! Von Obama, und wie die duften!“

Beim UN-Flüchtlingsgipfel in New York dankt US-Präsident Obama ausdrücklich Angela Merkel für das überragende Engagement Deutschlands in der Flüchtlingspolitik. (September 2016)

Wo kein Wille, da kein Weg.

Das Verhalten der Vertreter Russlands im Syrienkonflikt hat längst deutlich werden lassen, dass sie an einer friedlichen Lösung nicht interessiert sind, bevor ihre Kriegsziele nicht umfassend erreicht sind. (September 2016)

„Der Spiegel bleibt!"

Der nach dem Putschversuch in der Türkei von der Regierung verhängte Ausnahmezustand, der Präsident Erdogan erweiterte Machtbefugnisse einräumt, wird um 90 Tage verlängert. (September 2016)

LUFF, mit bürgerlichem Namen Rolf Henn, geboren 1956 in Idar-Oberstein, studiert Kunsterziehung an der Universität Mainz und arbeitet nach dem Referendardienst zunächst als freier Industrie-, Fahrzeug- und Grafikdesigner.
Seine politischen Karikaturen druckt 1987 erstmals die Mainzer Allgemeine, später dann die Stuttgarter Zeitung, die Nordsee-Zeitung, die Mittelbayerische Zeitung, die Westfälische Rundschau, die Märkische Oderzeitung und andere.
2008 Sieger beim „Deutschen Preis für die politische Karikatur“ der Akademie für Kommunikation in Stuttgart, 2012 mit der Stuttgarter Zeitung Träger des „European Newspaper Award“ für Illustration.
Auch agiert LUFF als Schnellzeichner bei diversen Veranstaltungen.
Mit Familie lebt der passionierte Segelflieger in Hennweiler im Hunsrück (Entsprechung mit seinem Nachnamen rein zufällig).
Seit 1989 erscheinen seine besten Karikaturen unter dem Titel „ERTAPPT!“ als Jahrbuch, seit 2014 beim Belser Verlag Stuttgart.